續脩臺灣府志卷十四

欽命巡視臺灣朝議大夫戶科給事中紀錄三次六十七　同脩
欽命巡視臺灣朝議大夫雲南道監察御史加一級紀錄三次范　咸

分巡臺灣道兼提督學政覺羅四明
臺　灣　府　知　府余文儀　續脩

風俗二 番社風俗一

番社風俗一

臺灣縣 大傑巔社　新港　卓猴社

居處

作室名圍先以竹木結成椽桷編竹爲牆蓋以茅草爲兩大扇中豎大樑備酒豕邀請番衆舉上兩扇合爲屋狀

如覆舟寬二丈餘長數丈前後門戶疏通夫妻子女同聚一室門兩旁上下丹雘采色燦然可觀舍內地淨無塵前廊竹木鋪設如橋俯欄頗亦有致鑿木板爲階梯木極堅韌或以相思木爲之又一種木文理樛結如檀梨狀從內山採出番亦不名何木高可五六尺入室者拾級而入

飲食

飯凡二種一占米煮食一篾箾貯糯米置釜上蒸熟手團食日三飧出則裹腰間　酒凡二種一舂秫米使碎嚼米爲麴置地上隔夜發氣拌和藏甕中數日發變其味甘酸曰姑待昏娶築舍捕鹿出此酒沃以水羣坐地上

用木瓢或椰碗汲飲之酒酣歌舞夜深乃散一將糯米蒸熟拌麴入篾籃置甕口津液下滴藏久色味香美遇貴客始出以待敬客必先嘗而後進　凡捕魚於水淸處見魚發發用三叉鏢射之或手網取之小魚熟食大則醃食不剖魚腹就魚口納鹽藏甕中俟年餘生食之捕鹿名曰出草或鏢或箭帶犬追尋獲鹿即剝割羣聚而飲臟腑醃藏甕中名曰膏蚌鮭餘肉交通事貿易納餉

衣飾

衣黑白不等俱短至臍名籠仔用布二幅縫其半於背左右及腋而止餘尺許垂肩及臂無袖披其襟衣長至足

者名幔暑則圍二幅半烏布寒則披幔近亦有倣漢人衣褌者番婦衣短至腰或織茜毛於領或緣以他色腰下圍幅布旁無襞積爲桶裙膝以下用烏布十餘重堅束其腓至踝頭上珠飾名曰沙其落瑪瑙珠名曰卑那苓頸掛銀錢約指螺貝及紅毛錢瓔珞纍纍盤繞數匝名曰夏落臂釧東洋鍮銅起花鐲或穿瑪瑙爲之手圈名曰龜老若遇種粟之期羣聚會飲挽手歌唱跳躑旋轉以爲樂名曰遇猫堵　麻達走遞公文插雉尾於首手背繫薩豉宜以鐵爲之狀如捲荷長三寸許展足闊走腳掌去地尺餘撲及其臂沙起風飛手鐲與薩豉宜相擊丁當遠聞瞬息數十里習紅毛字者曰教冊用鵝

毛管削尖注墨汁於筒槧而橫書自左而右登記符檄錢穀數目暇則將鵝管插於頭上或貯腰間

婚嫁

婚姻名曰牽手訂盟時男家父母遺以布麻達（番未娶者）成婚父母送至女家不需媒妁至日執豕酌酒請通事土官親戚聚飲賀新婚名日猫屛佳哩夫婦反目即離異男離婦罰酒一甕番錢三餅女離男或私通被獲均如前例其未嫁娶者不禁若配合已久造高架坐婦於上舁迎諸社中番衆贈遺色布歸宴同社之衆則永無離異

喪葬

番死曰馬歹不論貧富俱用棺埋厝內以平日衣服器皿

之半殉之喪家衣俱着皂色以示不變父母兄弟之喪俱一年夫死一年後改適必自爲擇定告前夫父母及所生父母而後嫁

器用

耕種如牛車犂耙與漢人同厝內器皿各殊汲水用匏飯具用椰碗螺殼捕鹿用鏢箭炊飯用鐵鐺亦用木扣陶土爲之圓底縮口微有唇起以承甑以石三塊爲竈置木扣於上以炊近亦築竈開置桌椅及五綵瓷器非以資用爲觀美耳　螺錢皆漢人磨礲而成圓約三寸中一孔以潔白者爲上每圓値銀四五分如古貝式各社皆然

附考

大傑巓社在羅漢門無差徭新港舊屬諸羅改隸首邑社大番饒早猴遜之（臺灣志畧）

土番初以鹿皮爲衣夏月結麻枲縷縷掛於下體後乃漸易幅布或以達戈紋（番自織布名）爲之數年來新港社番衣褌半如漢人各裝棉諸羅山諸社亦有倣傚者（雜記）

羅漢内門外門田皆大傑巓社地也康熙四十二年臺諸民人招汀州屬縣民墾治自後往來漸衆耕種採樵每被土番鏢殺或放火燒死割去頭顱官弁詰捕而相近者爲木岡武洛大澤機遠之爲内幽諸社生番環聚緝治爲艱立界絶其出入可以杜患矣（番俗六考）

莊秀才子洪云康熙三十八年郡民謝鸞謝鳳偕堪輿至羅漢門卜地歸家俱病醫療罔效後始悟前曾乞火於大傑巓番婦必爲設向適郡中有漢人娶番婦者因求解於婦隨以口吮鸞鳳臍中各出草一莖尋愈番婦自言初學咒時坐卧良久如一樹在前卧而誦向樹立死方爲有靈諸羅志作法詛咒名向先試樹木立死解而後蘇然後用之不則恐能向不能解也入舍無敢胠篋探囊擅其技者多老番婦田園阡陌數尺一杙環以繩雖山豕麋鹿弗敢入漢人初至摘啖果蓏脣立腫求其主解之轉瞬平復如初近年附郭諸社畏法不敢爲稍遠則各社皆有或於笭箵中取鷄卵石置於地能令

飛走喝之則止同上

新港、加溜灣、歐王即蕭壠、麻豆於僞鄭時爲四大社，令其子弟能就鄉塾讀書者蠲其徭，欲以漸化之。四社番亦知勤稼穡，務蓄積，比戶殷富；又近郡治，習見城市居處禮讓，故其俗於諸社爲優。歐王近海，不當孔道，尤富庶稗海紀遊

各社終身依婦以處，皆以門楣紹瓜瓞，父母不得有其子，故一再世而孫且不識其祖矣。番人皆無姓氏，有以也同上

新港、加溜灣二社爲一邑孔道，凡奉差至者將照身一出，練保人等不知何事，并不知何名，晝則支給酒食，夜

則安頓館舍，然燈進饌，折勒規例，臨行供應夫車，一人必坐一乘，日撥數起東寧政事集

新港四社地邊海空濶，諸番饒裕者中爲室，四旁列種果木，廪囷圈囤次第井井，環植刺竹至數十畝諸羅志

郡中造船，川水最艱，所司檄四社番衆牽挽，歲以爲常。聞金一鳴，鼓力並進，事畢官酬以煙、布、糖丸使槎錄

新港、蕭壠、麻豆各番昔住小琉球，後遷於此番俗六考

鳳山縣一　武洛社一名大澤機　搭樓社　阿猴社　上淡水社一名大木連　下淡水社一名麻里麻崙　力力社　茄藤社一名奢連　放綵社一名阿加

居處

屋名曰朗，築土爲基，架竹爲樑，葺茅爲蓋，編竹爲牆，織蓬

爲門每築一室衆番鳩工協成無工師匠氏之費無斧斤鋸鑿之煩用刀一柄可成衆室正屋起脊圈竹裹草標左右如獸吻狀名曰律武洛名曰打藍示觀美也社四圍植竹木貯米另爲小室名曰圭茅或方或圓或三五間十餘間毗連亦以竹草成之基高倍於常屋下木上簟積穀於上每間可容三百餘石正供收入遞年輪換夜則鳴鑼巡守雖風雨無間也

飲食

種秫稻黍糯白豆菉豆番薯又有香米倍長大味醇氣馥爲飯逾二三日香美不餲每歲種植只供一年自食不交易價雖數倍不售也歲時宴會魚肉雞黍每味重設

大會則用豕一不治別具飲酒不醉興酣則起而歌而舞舞無錦繡被體或着短衣或袒胸背跳躍盤旋如兒戲狀歌無常曲就見在景作曼聲一人歌羣拍手而和捕鹿除鹿臟外筋肉悉呈土官近番以鹿易酒將捕鹿先聽鳥音占吉凶鳥色白尾長即華雀也（番曰鑾在音宏亮）吉徵細凶食物餒敗生蟲欣然食之酒以味酸爲醇漢人至則酌以待歡甚出番婦侑酒或六七八十餘人各斟滿椀以進客逐椀皆飲衆婦歡然而退倘前進者飲後進者辭遂分榮辱矣客惟盡辭不飲爲善

衣飾

男裸全體女露上身自歸版圖後女着衣裙裹雙脛男用

麗皮薇體或氈披身名卓戈紋青布圍腰下即桶裙也名抄陰武洛曰阿習俱赤腳上官有著履者男女喜簪野花圍繞頭上名蛤網插雞羽名莫良武洛曰伊習力力曰馬甲奴葛猶漢言齊整也性好潔冬、夏男女日一浴亦體危立以盂水從首淋下拭以布或浴於溪用鹿豕脂潤髮名奇馬恐髮散垂或以青布纏頭或以草冬、夏不除近亦有戴帽者剃頭編辮者拔髭鬚名心力其莪莪愛少惡老長鬚者雖少亦老至頭白不留一鬚每日取草擦齒愈黑愈固項懸螺錢名興那手帶銅鐲或鐵環名圭留力力社曰勞拔腳帶鐵鐲名石加來皆以飾美故男女並帶之又麻達用咬根任（即薩或宜）擊鐲鳴聲

另用鐵片繫腰間以助韻傳送文移行愈疾聲愈遠謂暮夜有惡物阻道恃以不恐穿耳惟茄藤放綵力力二社或以木貫之名勞宇

婚嫁

不擇婚不倩媒妁女及笄構屋獨居番童有意者彈嘴琴逗之琴削竹為弓長尺餘以絲線為絃一頭以薄篾折而環其端承於近弰絃末疊繫於弓面齒其背爪其紾自成一音名曰突肉意合女出而招之同居曰牽手逾月各告於父母以紗帕青紅布為聘（富者用紗帕貧惟青紅布）女父母具牲醪會諸親以贅焉謂子曰阿郎婿亦同之既婚女赴男家灑掃屋舍二日名曰烏合此後男歸女家同

耕並作以諧終身夫婦反目夫出其婦婦離其夫不論有無生育均分舍內什物各再牽手出贅近日番女多與漢人牽手者媒妁聘娶文又加煩矣

喪葬

土官故掛藍布旛竿鳴鑼舉屍遍游通社名曰班柔少里堂敖敖通社閉戶屍游歸家用板合成一盝置屍於內殮以平日衣服什物各半諸親各送青藍布一丈或鹿皮一張同什物與盝葬所卧牀下妻子遷居別室本家及親友各酹以酒食畢錮其戶歸無論老少仍別牽手其子孫則胸背披藍布二片謂之掛孝約及期年去之餘番有喪悉如土官惟不敢游屍耳

器用

飲食用椰瓢名奇麟不用箸以手攫取近亦用粗椀名其矢竹箸名甘直竈支三木泥以土或用石甃名曰六難鍋曰巴六汲水用大葫蘆曰大蒲崙近亦用木桶坐皆席地或藉鹿皮飲食宴會蹲踞而食近始製桌椅以待客番衆仍架竹爲榻而蹲踞席地之風少減矣衣糧多貯葫蘆內遠出亦擔以載行裝近行用竹筒名斗籠貯香米飯以禦饑又編竹爲霞籃其制圓小者容一二斗大者可三四石番無升斗以此槩米粟黍豆多寡與北路大肚諸社同藤籠以藤爲之有底有蓋或方或圓或似豬腰形用以貯物至弓矢鏢槊亦與北路同刀長止

以頌祖功冬春捕鹿採薪羣歌相和音極亢烈生番鬪之知爲武洛社番無敢出以攖其鋒者番俗六考

鳳山縣二社山猪毛四社 傀儡山二十七社社名見前番社下

居處

於山凹險隘處以小石片築爲牆壁大木爲樑大枋爲桷鑿石爲瓦不慮風雨惟患地震大枋大石爲牀番布爲裀

飲食

種薯芋黍米以充食種時男婦老幼偕往無牛隻犂耙惟用鐵錐鋤鑿栽種芋熟置大竹扁上火焙成乾以爲終歲之需外出亦賫爲餱糧　土官畜雞犬却不食餘番

則以竹木及豢豕捕獸爲活　天旱亦祈禱通社男女五日不出門不舉火不食烟惟食芋乾得雨後亦不出門五日謝雨名曰起向　酒以黍米合青草花同舂草葉包煮四五日外清水漉之貯甕一二日卽有酒味聚飲以木椀盛酒土官先酌次及副土官公廨衆番相繼而飲　山前山後諸社例於五年土官暨衆番百十圍繞各執長竹竿一人以藤毬上擲競以長竿刺之中者爲勝番衆捧酒爲賀名曰託高會酒酣各矜豪勇以殺人頭多者爲雄長　歲時以黍米熟爲一年月圓爲一月　社小番栽種黍米薯芋土官抽取十分之二至射獵麞鹿山猪等獸土官得後一蹄

衣飾

披髮裸身下體烏布圍遮隆冬以野獸皮爲衣熊皮非土官不敢服天雨則以糠榔葉爲衣爲笠各社頭皆留髮剪與眉齊草箍似帽以野草黑齒兩耳穴孔用篾圈抵塞土官副土官公廨至娶妻後卽於肩背胸膛手臂兩腋以鍼刺花用黑烟文之正土官刺人形副土官公廨祗刺墨花而已女土官肩臂手掌亦刺墨花以爲尊卑之別　農事之暇男則採藤編籃砍木鑿盆女則織苧織布惟土官家織紅藍色布及帶頭織人面形餘則不敢各社生番持與熟番交易珠布鹽鐵熟番出與通事交易

婚嫁

未婚時男女歌唱相合男隨女肩女負薪意旣投始告父母聘之反目卽時分離男再娶女別嫁土官彼此結姻不與衆番婚娶歸化番女亦有與漢人爲妻室者往來倍親密　土官無論男女總以長者承嗣長男則娶婦長女則贅壻家業盡付之甥卽爲孫以衍後嗣無姓氏三世外卽互相嫁娶孫祖或至同名子多者或與伯叔同　凡嫁娶則以鼎珠刀布爲聘土官取其半　番婦俱以鞦韆爲戲各社戸前因大樹縛藤縱送爲樂日夕歌唱不絕口　親朋相見以鼻彼此相就一點小番見土官以鼻向土官項後髮際一點

喪葬

父母兄弟故冢業器用一家均分死者亦一半埋葬於屋內挖穴四圍立石先後死者次第坐葬穴中無棺木只以番布包裹其一分物件置屍側大石爲蓋米粥和柴灰粘石罅使穢氣不泄婦產死山頂另開一堀埋之本社有喪通社男女爲服二十餘日親屬六月土官死則本社及所屬各社老幼亦服六月其服身首纏披烏布通社不飲酒不歌唱父母之服長男長女身披烏布頭荷斗笠謂不敢見天也服滿射鹿飲酒除烏布謂之撤服

器用

食用器具以藤篾爲筐爲梳爲鉢爲杓爲箸　捕鹿射獵以鹿皮爲袴爲履鏢刀弓矢皆所自製最喜鼎鐺銅鐵米珠鹽布嗶吱梳枇　下山則腰佩短刀手執鏢槊竹箭木牌等械背負網袋內貯薯芋衣服行戴於首　社番間有角口無相毆者有犯土官令公廨持竹木橫擊將其器物盡爲棄擲卑南覓社有犯及獲獸不與豚蹄以背叛論即殺之

附考

傀儡生番動輒殺人割首以去髑髏用金飾以爲寶被殺之番其子嗣於四箇月釋服後必出殺人取首級以祭大武力力尤鷙悍以故無敢輕歷其境飲食居處傳

說不一有云若輩在深山中首裳鹿皮胸背間用熊皮蔽之喜食大龜用火炙熟刀劈啖之以殼爲什器龜卵剝去軟皮和鹽少許而食麞鹿取其肉用石壓去血水曬乾出山易鹽布米珠遇鐵及鉛子火藥雖傾其所有以易不顧也芋極長大而細膩番以爲糧熟後陰乾每食少許以水下之可終日不食（使槎錄）

雍正癸卯秋心武里女土官蘭雷爲客民殺死又社加者勝眼社率領番衆數百暗伏東勢莊殺死客民三人割頭顱以去文武宣示兵威勒緝兇番兩社遯逃僅得二髑髏以歸維時附近生番加走山社礁網曷氏社糸率臘社毛系系社望仔立社加籠雅社無朗逸社山

里目社呈送番豕卓戈紋番藍蓋願來歸化計七百餘口各社歲輸鹿皮五張不衣不袴惟於私處以布圍繞土官衣狀如毳氅風吹四肢畢露毛系系社女土官弟勞里阮頭戴竹方架四圍用紅雨纓織成中有黃花紋遠望如錦纏竹上名達拉嗎亦有飾以孔雀毛者云非土官不敢加首（同上）

甲辰四月舊歸化山里留社土官珍里覔挈隹者惹葉社公廨蘭朗則加則加單社公廨礁鹿子卓擺律社副土官彩文柯覓社公廨佘基卯等獻送戶口冊共五百二十名口附貢迦喇巴（筏藍蓋）八咿洞（卽卓戈紋）四番豕二據稱

聖天子愛養黎元下逮番庶聞風歸化土官有戴豹皮帽者名力居樓大羅房如豹頭形眼中嵌玻瓈片週圍飾以朱央帽後綴以豹尾亦有戴頭箍者名粤㬊插以鳥羽十餘枝參差排列垂髮二縷云係其妻之髮衣熊豹皮名曰諸買肉披短衣曰鴿覓下體盡露惟於私處圍烏布一片名曰突勿亦有胸前搭紅綠卓戈紋者名曰噶拉祿用紅嗶吱折碎間以草絲番婦用口染成青綠經緯錯綜頗爲堅緻各佩一刀名曰奪隹另有網袋名細敲皮袋名落毋皆以貯行裝者同上

鳳邑東南一帶巉巖峻嵯足跡不至山前則加蚌山豬毛望仔立等七十二社上連諸羅之務來偃下及鳳山

之謝必益山後則卑南覓七十二社北通崇爻南極瑯嶠悉爲傀儡番巢穴每社各土官一仍有副土官公廨小社僅一土官大社轄十餘社或數社不一共五十四社番俗六考

番貧莫如傀儡而負嵎踞自昔爲然紅毛僞鄭屢思勦除居高負險數戰不利卒皆中止近則種類漸多野性難馴且幼習鏢刀拈弓矢輕禽狡獸鏢箭一發無逸兒頑嗜殺實爲化外異類同上

鳳山縣三瑯嶠十八社社名見前番社下

居處

築厝於巖洞以石爲垣以木爲樑蓋薄石板於厝上厝名

打包前後栽檳榔蔞藤至種芋藝黍時更於山下豎竹爲牆取草遮蓋以爲棲止收穫畢仍歸山間

飲食

諸番傍巇而居或叢處內山五穀絕少斫樹燔根以種芋魁大者七八斤貯以爲糧收芋時穴爲窖積薪燒炭置芋灰中仍覆以土聚一社之衆發而噉焉甲盡則乙不分彼此日凡三餐不食雞有傳紅毛欲殺生番俱避禍遠匿聞雞聲知其所在逐而殺之番以爲神故不食深山捕鹿不計日期饑則生薑嚼水佐以草木之實云可支一月或以煨芋爲糧無火則取竹木相鋸而出火海邊多石各番於空洞處傾曬海水爲鹽收米三次爲三

年則大會束草爲人頭擲於空中各番刳竹爲槍迎而刺之中者爲麻丹畢華言好漢也各番以酒相慶三日乃止與傀儡畧同

衣飾

男婦用自織布圍繞曰張面婦短衣曰鴿肉男短衣曰瑯袍剪紙條垂首曰加篤比或爲草箍束髮曰臘手足亦用銅鐲曰打臘或以鹿尾束脛曰打割出入負鹿皮曰藉以坐夜則寢之

婚嫁

各番結婚不問伯叔之子自相配偶惟土官則不與衆番爲婚男女於山間彈嘴琴歌唱相和意投則野合各以

佩物相貽歸告父母土官另期具豕酒會土官親戚贄入婦家反目男再娶婦將所生子女別醮其俗重母不重父同母異父俱爲同胞同父異母直如陌路呼父曰阿媽稱叔伯母舅如之呼母曰惟那稱嬸姆及妗亦如之夫婦相稱以名產後同所生子浴於溪中與北路同一產二男爲不祥將所產子縛於樹梢至死并移居他處瑯嶠一社喜與漢人爲婚以青布四疋小鐵鐺一口米珠斤許爲聘臨期備牲醪白之所親及土官成婚番無姓名以父名爲姓以祖名爲名如祖名甲父名乙即以乙爲姓甲爲名衆番呼曰乙礁巴甲礁巴者番人口吻語

喪葬

番死厝內築石洞以葬石板封固生者不別遷喪服則衣白袿闤白布與別社以烏布爲服又不同

器用

社內有製牀者名曰篤篤亦設而不用與漢人交易鐵器火槳以爲捕鹿之具鏢曰武洛刀曰礁傑弓箭曰木拉鍋曰巴六魚網曰下來

附考

瑯嶠各社俱受小麻利番長約束代種薯芋生薑爲應差小麻利即瑯嶠一帶生番也番長及番頭目男女以長承襲所需米珠烏青布鐵鐺漢人毎以此易其鹿脯

鹿筋鹿皮卓戈紋路多險阻沿海跳石而行經傀儡山非數十人偕行未敢輕踐其境瑯嶠諸社隙地民向多種植田畝今有司禁止悉爲荒田沿海如魚房港大繡房一帶小船仍往來不絕或云十八社外尚有高士港社是人傑社佳諸來社懷里社咬人土社滑事滑社（番俗六考）

卑南覓係番社總名在傀儡山後沿海一帶地與傀儡山相連中有高山聳起相傳七十二社贌社貿易舟在山脚沿海處所約行程四五日始窮其境自卑南覓而北有老郎社美基社八里捫社農仔農社（一名南須嘮仔郎）宰社獨馬烟社株栗社貓武骨社佳嘮突社貓蠻社白逸民社佳落社甕綠社離北路崇爻社地界百有餘里人烟斷絕自卑南覓而南有呂家芬社謝馬干社知本社朝貓籬社咬嚕蘭社寧嶺社謝已寧社幹仔弼社幹仔崙社殼只岑社打早高社大鳥萬社離瑯嶠地界六七十里亦鮮人跡貨則鹿脯鹿筋鹿皮麞皮麂皮苧藤果則蕉實鳳梨橄欖柑柚檳榔毛柿土番日食薯芋黍秫金瓜鹽自曝用鹿豕魚酒則上珍矣服飾富者烏布爲衣嗶吱爲抄陰爲方幔如平埔熟番之制衣著更短貧者以鹿皮苧衣蔽體耕作無牛亦無銚鎛僅用一鋤濶三寸柄長一尺屈足伏地而鋤捕鹿用獵犬弓矢鏢刀網羅婚嫁男女十餘歲時男以鏢爲定迄成婚畧無

聘禮反目男女各擇匹偶方離產兒用冷水浴雙胎爲不吉委道旁即徙居父母亡視若路人惟爲兄弟姨妹服亦僅除草珠而已赴社水路僅容杉板船懸崖石壁無可泊處農仔農社有深溝一道船至土番牽立岸上船梢拋索土番接索挽進即泊溝內若無接挽溝外無可泊處大龜文誚必登諸社俱有路可通或云自蕉箕湖入傀儡山行二日可至烏道盤旋跋履既易外此則穿荆度莽越嶺攀藤尤難施步矣同上

紅頭嶼番在南路山後由沙馬磯放洋東行二更至雞心嶼又二更至紅頭嶼小山孤立海中山內四圍平曠傍岈皆礁大船不能泊每用小艇以度山無草木番以石爲室卑隘不堪起立產金番無鐵以金爲鏢鏃槍舌

昔年臺人利其金私與貿易因言語不諳臺人殺番奪金後復邀瑯嶠番同往紅頭嶼番盡殺之今則無人敢至其地矣同上

或云瑯嶠山後行一日至貓丹又二日至遇丹哩溪口至老佛又一日至大烏萬社又三日過加仔難社朝貓離社至卑南覔社番長名文吉轄達里武甲等七十二社歲輸正供銀六十八兩零南仔郎港可以泊船由卑南覔一日至八里撈又一日至加老突文吉所屬番界止此至打水安一日又二日至芝母蘭共五社又行五日至直加宣社俱係北路山後生番同上

諸羅縣一 目加溜灣社 蕭壠社 麻豆社 諸羅山社 哆囉嘓社一作倒咯嘓 打貓社 他里霧社 斗六門社一名柴裏

居處

結室曰必堵混每興工糾合衆番互相為力目加溜灣番屋甚隹連串十餘間中排大柱兩旁俱開雙門粉飾可觀各社不事繪畫舉家同室而居僅分衽席而已

飲食

酒二種一用未嫁番女口嚼糯米藏三月後略有酸味為麴舂碎糯米和麴置甕中數日發氣取出攪水而飲亦名姑待酒一種與新港等社同飯亦如之 每年以二月二日為年一社會飲雖有差役不遑顧也

衣飾

番婦頭帶小珠曰賓耶產盤髮以青布大如笠頸項圍繞白螺錢曰猫打臘男婦衣服黑白俱短至臍掩蔽下體及束腓耑用皂布 每換年男女艷服簪野花或纏以金絲藤相聚會飲手帶鐵鐲環名曰沙壁里將散麻達手腕縛草垂地鬭走而歸曰勞羅東隨插此草戶上三日以為大吉 他里霧以上多為大耳其始先用線穿耳後用蠔殼灰漆木或螺錢或竹圈用白紙裹之塞於兩耳名曰馬卓裸人叢笑篇云番造大耳幼纘困實以竹圈自少至壯漸大如盤汚以土粉取飾觀云或曰番婦最喜男子耳垂至肩故競為之 社中亦間有倣漢

人戴帽着韡者

婚嫁

婚姻曰帶引那幼番名搭覔璽初訂姻男家贈頭箍以草爲之名搭搭干或以車螯一盂爲定將成婚男婦兩家各煩親屬引男至女家婚配通社飲酒相慶名曰馬女無夏男家更以銅鐵手釧及牲醪送女家或夫婦離異男離婦者罰粟十石婦離男者亦如之男未再娶婦不得先嫁反是罰番錢二圓私通被獲投送土官罰酒豕鳴於衆再罰番錢二圓未嫁娶之男女不計也　哆囉嘓社成婚後男女俱折去上齒各二彼此謹藏以矢終身不易

喪葬

家有喪曰描描產置死者於地男女環繞一進一退抵掌而哭用木板四片殮葬竹圍之內蓋一小茅屋上插雞毛并小布旗以平生什物之半懸死者屋內喪服披烏布於背或絆烏帶於肩服三月滿夫死婦守喪亦三月即改適先告父母後自擇配與新港等社期年除服先後擇配不同

器用

捕鹿弓箭及鏢俱以竹爲之弓無硝背密纏以藤苧繩爲弦漬以鹿血堅韌過絲革射搭箭於左箭舌長二寸至四寸不等傅翎畧如漢製而剪其梢鏢桿長五尺許鐵

鏃鋒銛長二寸許有雙鉤長繩繫之用時始置箭端遇鹿麂一發即及雖奔逸而繩掛於樹終就獲焉亦用以防夜於竹寮高望巡哨持挨牌以蔽身木皆斜紋箭不能入　諸番與漢人貿易家中什物亦有瓷器釜鐺之屬近亦間置桌椅又製葫蘆爲行具大者容數斗出則隨身旨蓄毯衣悉納其中遇雨不濡遇水則浮　寢以竹片鋪地藉以鹿皮富者列木牀於舍以爲觀美夜仍寢於地枕木如小櫈

附考

孫元衡過他里霧詩翠竹陰陰散犬羊蠻兒結屋小如箱年來不用愁兵馬海外青山盡大唐（番稱內地爲唐）　舊有

唐人三兩家家家竹徑自廻斜小堂蓋瓦窗明紙門外檳榔新作花　還過他里霧詩林黑澗逾響天青山更高諸番能跪拜前隊肅弓刀臥簟惟功狗（番人最珍猛犬）喧枝盡伯勞（林無他鳥惟伯勞爭鳴）　不因程計日待獵看風毛（赤嵌集）

斗六門舊有番長能占休咎善射日率諸番出捕鹿諸番苦焉共謀殺之血滴草草爲之赤社草皆赤諸番悉以疫死無噍類今斗六門之番皆他社來居者（諸羅志）

斗六門舊社去柴裏十餘里在大山之麓數被野番侵殺乃移出今舊社竹圍甚茂因以爲利逐年土官泒撥老番數人更番輪守（使槎錄）

黃玉圃侍御過斗六門詩牆陰蕉葉依然綠壠畝桃花

台在紅冬仲何殊春候暖蠻孃嬉笑竹圍東同上

諸羅縣二大武壠頭社　二社　噍吧哖社　木岡社
芋匏社

居處

住室曰達勞平地築土作基大木爲樑剉竹結椽桷爲蓋

衆擎而覆之落成全室歡飲

飲食

飯漬米水中經宿雞鳴蒸熟食時和以水糯少則兼食黍

米酒用糯米炊熟燒禾草作麴攪米飯藏甕中過六日

取出沃水而飲魚鰕麀鹿俱生食

衣飾

番男以布八尺圍身曰羅翁覆腰以下用四尺圍蔽或以達

戈紋緣領番婦項帶珠串曰麻海譯手足腕俱束以銅

圈曰堵生聲遇吉事則衣皆有色羣聚飲啖醉後歌唱

跳舞以爲樂

婚嫁

娶妻曰匏冶需未娶婦曰隹老歪賀新婚曰備力力其搭

學其俗先通後娶將娶則送珠子爲定名曰毛里葦用

木櫃置布疋達戈紋送至女家三日後置酒大會女家

亦邀會飲夫婦相離曰放手男未再娶女不敢嫁先嫁

者罰牛豕不等通姦被獲鳴衆聲罪罰以酒豕未嫁娶

男女罰依前例

喪葬

番死名麻八歹當未葬時在社鳴鑼喪家披髮皂布裹頭面止露兩目親屬酹死者以酒哭盡哀以大窑缸作棺瘞本厝內夫死一月服滿婦告父母他適

器用

飲食無椀箸用匏斗狀如葫蘆口小腹大可藏米數斗各社皆有大武壠礁吧哖二社尤多貯物用筐及藤籃耕種則用刀斧斫伐樹根栽種薯芋亦有墳築薄畔為田播插稻秫者

附考

大武壠南為八里打難東為澾里打猿俱生番與傀儡番通

諸羅縣三 內優六社一作內幽 崇爻八社 阿里山八社社名見前番社下

居處

倚山掘土狀若穴居以沙石版代甎瓦或用木及茅竿草為之濶不一式高不盈丈牲畜俱養於內子女嫁娶則另築之

飲食

壘巘深溪樹木蓊翳平原絕少山盡沙石種黍秫薯芋俱於石罅鑿孔栽植黍秫熟留以作酒先以水漬透番婦口嚼成粉置甕中或入竹筒亦用黍稈燒灰攪成米麴發時飯或黍秫和入旬日便成新酒客至漉糟番輪飲之遠出則開鑿地穴置薯芋於中火煨以土覆之隨手

取食可代餱糧射生禽鏢麋鹿炙而食之生亦不厭也

衣飾

男女多著鹿皮或織樹皮苧麻為布極粗厚日以作褸夜以覆體今與漢人交易布疋男以布尺餘遮前後體畢露以皮為帽不畏荆棘吉事則以鳥羽為飾婦俱以布裹頭

婚嫁

男女私合父母知之則會飲議婚同飲者倩一人為媒遂定偶工作之暇兩家訂期釀酒成婚或娶或贅不等

喪葬

男婦彌留將生平所有之衣盡著於體既死衣盡脫去裸

葬厝內哀哭數日無居喪儀節

器用

耕田有小鋤或將堅木炙火為鑿以代農器短刀鏢箭與衆社同

附考

內優之邦尉社絕壑深崕鳥道三十里陟其巔入其社磊石為穴高五尺許內如洞地光潔木瓦器具悉藏其中雞犬同處夜入則以石抵門煨芋為糧捕鹿為生茹毛飲血不知稼穡不辨春秋番婦頭插頭花縞以烟布針線嘻然而受俯視衆山萬籟無聲幽境寂歷不知身在塵世也番俗六考

阿里山離縣治十里許山廣而深峻番剽悍諸羅山哆咯嘓諸番皆畏之遇輒引避崇爻社餉附阿里山然地最遠越蛤仔難以南有猴猴社云一二日便至其地多生番漢人不敢入各社夏秋划蟒甲載鹿脯通草水藤諸物順流出近社與漢人互市漢人亦用蟒甲載貨以入灘流迅急船多覆溺破碎雖利可倍蓰必通事熟於地理乃敢孤注一擲諸羅志

或云崇爻山後有九社崇爻社竹脚宣社一作郎加宣描丹社薄薄社芝舞蘭社多難社一作倒咯滿芝密社水輦社筠椰椰社又云八社之外有礁那女嗎社打馬郎社嗎老因籠社巴只力社龜窖社伊碎擺社有至崇爻社者自

倒咯嘓用土番指引盤山逾嶺涉澗穿林計程五日夜方至由民仔里武三日可至蛤仔難但峻嶺深林生番錯處漢人鮮至番俗六考

續脩臺灣府志卷十四終

續脩臺灣府志卷十五

欽命巡視臺灣朝議大夫戶科給事中紀錄三次六十七　同脩
欽命巡視臺灣朝議大夫雲南道監察御史加一級紀錄三次范　咸
分巡臺灣道兼提督學　政覺羅四明
臺　灣　府　知　府余文儀　續脩

風俗三

番社風俗二

彰化縣一　大武郡社　西螺社　東螺社　二林社　南社　阿東社　大突社　眉裏社　馬芝遴社

居處

自新港蕭壠麻豆大武郡南社灣裏以至東螺西螺馬芝遴填土爲基高可五六尺編竹爲壁上覆以茅簷頗深

邃垂地過土基方丈雨暘不得侵其下可舂可炊可坐可臥以貯笨車網罟雞塒豕欄架梯入室極高聳宏敞門繪紅毛人像他里霧斗六門亦填基爲屋較此則卑狹矣　麻達夜宿社寮不家居恐去社遠致妨公務也

飲食

飯一白占米清晨煮熟置小藤籃內名霞籃或午或晚臨食時沃以水一糯米炊蒸爲飯製酒與哆囉嘓諸社同

每年以黍熟時爲節先期定日令麻達於高處傳呼約期會飲男女著新衣連手蹋地歌呼嗚嗚　捕鹿採魚自新港以至淡水俱相等各社俱不敢食犬東西螺食猪肉連毛燔燎肝則生食肺腸則熟而食之　二林

捕魚番婦或十餘或數十於溪中用竹籠套於右膀衆番持竹竿從上流毆魚番婦齊起齊落扣魚籠內以手取之

衣飾

衣達戈紋用苧織成領用茜毛織以紅紋爲衣長只尺餘釘以排扣下體用烏布爲蔽長二尺餘炎天則結麻片爲之縷縷四垂圍繞下體以爲涼爽且便於渡水　二林不爲大耳皆帶銅錫墜長衣麻達頂髮分兩邊梳結兩髻曰對對　東西螺番幼時剃髮約十餘歲留髮待成婚後剃去周圍之髮所留頂髮較辮稍大臂腕束以鐵釧有兩手用五六十者或用蚶釧或縛手腕以草長

垂至地如塵拂狀曰下侯落編篾束腹以圖就細凡差役皆麻達所任束腹奔走倍爲趫捷成婚則去之　馬芝遴番頭帶木梳或插竹簪或插螺簪鹿角簪名曰夏基網

婚嫁

自幼訂姻用螺錢名阿里捫及笄女家送飯與男家男家亦如之定婚期番媒於五更引壻至其家天明告其親識飲稱賀亦有不用定聘薄暮男女梳粧結髮遍社戲遊互以嘴琴挑之合意遂成夫婦琴以竹爲弓長可四寸虛其中二寸許釘以銅片另繫一小柄以手爲往復脣鼓動之其俗惟長男娶婦於家餘則出贅南社番夫

婦雖反目終不離異下四社任意離合東螺社幼時兩家倩媒說合男家用螺錢三五枚爲定娶時再用數錢或姊妹妯娌迎新婦入門男女並坐杵臼上移時而起女戴搭搭干用篾爲之嵌以蛤圈及燒石珠插以雉尾爲飾三日後新婦隨姑請母氏會飲

喪葬

父母死服皂衣守喪三月屍瘞厝邊富者棺木貧者草席或鹿皮襯土而殯生前什物俱殉其半

器用

出入必佩小刀舍中置鹿頭角有疾者沐髮用以擊之卽瘥夜無燈用松木片植石上然之名搭貯屢　番婦用圓木挖空爲機圍三尺許函口如槽名普魯以苧麻撚線緯用犬毛爲之橫竹木桿於機內卷舒其經綴線爲綜擲緯而織名達戈紋又織麻布名老佛　鼻簫長可二尺亦有三尺者截竹竅四孔通小孔於竹節之首用鼻橫吹之或如簫直吹名獨薩里又打布魯以木爲之如嗩吶狀聲亦相似皆麻達游戲之具

附考

大武郡之女時以細砂礪齒望若編貝　外紀

大武郡社文身者愈多耳輪漸大如椀獨於髮加束或爲三叉或爲雙角又以雞尾三羽爲一翿插髻上迎風招颭以爲觀美　稗海紀遊

東西螺以北番好飼馬不鞍而馳驟要狡獸截輕禽豐草長林屈曲如意捍牝之良者倍價而易之以圖孳息諸羅志

東螺猫兒干間有讀書識字之番有能背誦毛詩者口齒頗眞往來牌票亦能句讀番俗六考

舊阿東社於康熙五十七年大肚溪漲幾遭淹沒因移居山岡今經其地社寮就傾而竹圍尚鬱然蔥蒨也過此則極目豐草高沒人身中有車路荒榛埋輪涉大肚溪行山麓間竹樹蔽虧遠岫若屏幾不知爲文身之鄉矣同上

南社猫兒干二社番其祖與化人渡海遭颶風船破漂流到臺娶番婦爲妻今其子孫婚配皆由其父母主婚不與別番同番社采風圖

彰化縣二 南投社 北投社 猫羅社 半線社 柴仔坑社 水裏社

居處

屋曰夏堵混以草爲蓋或木或竹爲柱厝蓋葦茅編成邀衆番合於春上大小同居一室惟未嫁者另居一舍曰猫鄰

飲食

食米二種一占米一糯米每晨淘淨入籃筐內置釜蒸食外出裹腰間手取食之爲酒亦如內優等社魚鰕鹿肉等物先炙熟再於釜內煎煮半線以北取海泥鹵曝爲鹽色黑味苦名幾魯以醃魚鰕

衣飾

衣用達戈紋或衣皂布白布俱短至臍每年二月間力田之候名換年男女俱衣雜色綢紵紅襖曰包練或粧蟒錦繡爲之番婦頭戴紗頭箍名答答悠用白獅犬毛作線織如帶寬一寸餘嵌以米珠飲酒嫁娶時戴之番最重此大發縱指示百不失一或以牛易之尚有雜色項

掛衣堵瑪瑙珠名眉打喇螺錢名數十八挽手而唱歌呼蹋蹄音頗哀怨麻達兩耳如環實以木板螺殼已娶者曰老織則去塞耳以分別長幼　半線以上多採樹皮爲裙白如苧曉行以禦湛露晞則褪之

婚嫁

婚姻曰綿堵混未娶婦曰打猫堵男家父母先以犬毛紗頭箍爲定或送糯飯長則倩媒娶時宰割牛豕會衆敘飲男贅女家亦如之如有兩女一女招男生子則家業悉歸之一女則移出如無子仍同居社寮夫婦反目男離婦必婦嫁而後再娶婦離男必男娶而後再嫁違則罰牛一隻車一輛通姦被獲男女各罰牛車未嫁娶者